JN123421

詩集

犬

un perro

老犬ジョンと湖畔の青年たちへ

詩集　犬　目次

詩集

un perro

こんなに遠い

こんなに遠い満月の岸辺（きしべ）まで逃げてきたのに
さざなみはここまで追いかけてくるよ

脱皮（だっぴ）したぼくの小さな軟骨（なんこつ）がほのかに揺（ゆ）れる

漲（みなぎ）る帳（とばり）は弓となり
声帯（せいたい）はふるえる矢

頤（おとがい）が愛を語らないときは

みな、貫(つらぬ)き合って血を流している

そんな戦場をなだらかに横断できるのは
言葉の痩(や)せている人だけだ

ああ、ぼくの魂をかじる

おお、無数の魂をかじった

火のような弦(げん)の震え

ぼくは豊饒(ほうじょう)すぎる犬の欠片(かけら)となって
弓なりに言葉を下(くだ)っていきたい

食欲と旅情

なみだ川から
おもいで横丁（よこちょう）を抜け
冬の食欲は
天地下（てんちか）から新天町（しんてんちょう）へ届く
寄り道して
いつものよっ辻（プロント）の窓の席に胃を埋（うず）めると
はす向かいの平和楼（へいわろう）の看板が
ぼくの冬の夕暮れを
うかがっている

胃が遠くなっていくと
おもいがけず
なにかの食感が
胸のあたりから
みしみしと伸びてきた
引っこ抜くと
ごく普通の
おどおどした交差点だった
ぼくは攻（せ）め込まれるのをおそれ
ホット・ワイン・レモネードの蜜（みつ）を
うすくあてがう

と、味蕾（みらい）のなかに捕らわれていた
きみの後ろ姿、ダッフルコートが
ほのかに放たれ
無数のぼくが狼狽（ろうばい）する……

レッツ・メイク・ア・トリップ

親切な目出し帽の店員が
大皿に赤電車を盛って
ぼくに差しだした

おもむろに旅の背景が走る
光の青さの朝

この赤電車はいったい
何をぼくを風をどこへ白く運ぶ
願いを川を海をトンネルを
くぐる、ぐんぐん、と
姪浜（めいのはま）、生（いき）の松原（まつばら）、糸島（いとしま）、深江（ふかえ）、大入（だいにゅう）、鹿家（しかか）
走るたび止めどなくぼくのなかの
水が揺（ゆ）れる
ここからはぼく一人が
過去をじめじめと燃やす番

夜雨（よさめ）で濡（ぬ）れた瓦（かわら）屋根
老婆の菜園（さいえん）に宿（やど）る

黒犬と赤い寒(かん)ツバキ

朝靄(あさもや)の中の海面(かいめん)がどんより
空の色彩に紛(まぎ)れ込み
島影の遠くで鉄塔が二つ
ぴかりぴかり深呼吸している

口きかぬさざ波
陸(りく)うがつ海の広袤(こうぼう)
左心(さしん)の棘(とげ)
虹の松原、　雲、　唐津(からつ)

ああ、　ここで余白(よはく)が果てる

この先は淋しい行き止まり

はじめての駅前で
胃がまたよろめき始め
黄ばんだ商店街が
朗々と海の中に蘇るのが見えた

ぼくは
疾駆する迂闊な剣先イカを捕らえ
足と耳と頭と旅を収めた
生醤油で

ここから先は永遠の畔

カレンダー

十二月
を破り捨てた

一月
はどこにあるかさえ分からない

二月
は潔（いさぎよ）く自分で爆死（ばくし）した

三月
カレンダーという言葉が塩辛く変色した

四月
生きていくことは
恥辱の泥に沈むことであり
汚物をまき散らすことであり
魂を炙り殺していくことだと
いまさらのように悟った

五月
恨みを安く買い
魂を高く売りつけて

固いしこりであちこちを凸凹にした

六月
M恵になじられ
T子に張り手され
Y美の亡霊に殺されかけた

七月
成果主義やら増税やら独裁やらに
匕首を突き付けられて死にたくなった

八月
スナックスターダストの

S子ちゃんからのショートメールだけが
オレとこの世をつなぐ
ただ一つの窓となっても
この世が存在しているのかどうか
明け方まで疑い続けるバカさ加減だ

九月
移ろいゆく焦点(しょうてん)
終わりゆく色彩(しきさい)
ぐらつく決意

十月
するすると

心を収監していく蟹工船を発見した
卑屈な態度で
船底に溜まった海水を
穴のあいた風呂桶でかき出している
オレという無能者

十一月
ふと気がつくと
雨降る玄関先で
一匹の気高い白犬が
体をびしょ濡れにして
真っ直ぐにこちらを見つめてくる
挑むような軽蔑するような

カレンダー

仏様のように澄(す)んだ黒目の犬だ

十二月……
破り捨てたはずの師走(しわす)がまたやってきた
逃げろ逃げろ
カレンダーの届かない宇宙の裏側

氷河と砂漠

北東の空で凍(い)てつく夏の女が
繰り返し
繰り返し
何かを求めていた
ぼくはその何かが分からずに
ただカニのような卑怯(ひきょう)な走りで
脊柱(せきちゅう)を割(さ)き夕立になった

夏の動線(どうせん)が蟬(せみ)の鳴き声に変わると

女は急かすように
寂しい塩基を涙に溶かし
はかない氷菓に練り込んでいく
屹立　発光　発熱
信号機のような三つの周期で

夕立の背びれが取れ
ささくれた吹雪が吹き荒れた夜
先を行くぼくの地層が
柔らかに崩落し
刃先の丸い万能ハサミが
青ざめた血流をせき止めた

愛欲も　空も　夢幻も　脈拍も
せき止める
せき止める
ただ
一心不乱にせき止める

歴史の中では
すべてのものが美化されるから
刃物さえも
ただそれだけがなめらかに
壮麗で馥郁な伽藍であった

ああ

だが　しかし
降りつもる悲しみの圭角は
がたついた暮らしの皮膜を
ゆるやかに傷付ける

気がつくと
美しい夏の女の永久凍土は
ついに自らの体温で溶け出して
湖畔の一部となった

以来
大陸は二つに裂け
「とつおいつ」の

夜明けはめぐってこない
氷河の嘆きは億万年たち
もうどこにあるのかさえ分からない
分割された受精卵の行方は
電脳の空を漂流している

氷河期が終わり
かわって
閉じた暮らしの向こうに
ざわざわと毛羽立ってくるのは
言葉さえ干上がった熱い砂漠だった

やめておけばいいのに

犬たちはこんな砂漠で
喉（のど）を鳴らし
井戸を掘っている
言い訳だらけの紙のシャベルで
どうやって愛の岩盤（がんばん）を貫（つらぬ）くというのか

暗色（あんしょく）に共鳴（きょうめい）する記憶の芯線（しんせん）が
横丁に群れをなして
にょきにょきと発情（はつじょう）していた

そして砂漠に流れる寂（さび）れの影

ふるさと

夜郎自大に思い上がっていると
ふと　さとすように
ふるさとが遡上してくる

誰もがふるさとを殺すこの時代に
自分だけきれい事を言い
都会風吹かせたところで
遠い遠いいにしえの
トンネルの向こう

山ばかりの痩せた土地で
誰も海を見たことがなく
完成した人などどこにもいない
終わるどころか
まだ始まってさえいない
百姓ばかりのこの町の
陸のどん詰まり
死んだ先祖の白い骨　揺れ始め
餉のサイレン　鳴り響き
ぼくの中の湿度　水となり
谷川に化生して
路頭を削る　岩を転がす　秋霖を誘う

＋

生真面目に稲を刈る茶色い家族の傍らで
立ち小便する
頬の赤いシモヤケの子どもたちよ

そう言えば冬の間のぼくらの手は
みんな一様に
タラコのように腫れて痒かったね

ふと気がつくと
若かった親父とお袋の足も
ゴボウのようにか細くなって

土の中に埋(う)まり
根を張ってくる
幻(まぼろし)を見る
糞尿(ふんにょう)を垂(た)れ流す

そんなときは
いつもより鬱蒼(うっそう)と地の際(きわ)が白く
ふるさとがぼくを掴(つか)んで
離さない　逃がさない　捕縛(ほばく)する
わらぐろが雨に濡れそぼつ

ぼくは
天神森(てんじんもり)で猿と戯(たわむ)れ

鳥笛（とりぶえ）を吹いた
雀（すずめ）と踊（おど）った
泣きながら田舎（いなか）を呪（のろ）った

十

ああ
貧しく揺（ゆ）れる裸（はだか）電球の幸せ
ポットン便所
ずるずると落ちる水洟（みずっぱな）
ふるさとが死んだのはちょうどその頃で
命の物語は終わるどころか

まだ始まってさえいないけど
五右衛門風呂(ごえもんぶろ)の青い湯気(ゆげ)
冬を煮殺(にころ)すヒビ割れた竈(かまど)の
燃えさかる炎は
六地蔵峠(ろくじぞうとうげ)のあめつちとなり
忘れようとするたびに
突然の雪風(ゆきかぜ)
ガタガタとガラス戸から忍(しの)び込み
壁の薄(うす)いあばら屋　空に舞(ま)い上がり
ぼくの心　流線型(りゅうせんけい)に掻(か)きむしり
夢の結界(けっかい)　無様(ぶざま)に燃え落ちる

春

やがて染み込むように
陽が奮い立ち
冬が融かされ
なめらかな希望が
満ちてくる

人の匂いが消えたここでは
知らぬまに
草木が寂しさの借りを返し
段々畑は地の底へ呑まれていくけど

死にかけていた田んぼは
黄色い菜(な)の花で自分を取り戻すんだ

川に沈(しず)んだゴンキチや
汽車にはねられ死んだ憲次郎(けんじろう)
首を吊(つ)った一郎や
自堕落(じだらく)な生活で破滅(はめつ)した克(かつ)ちゃんの
お骨(こつ)なども地の糧(かて)になって

ああ
あれから幾(いく)たびこの町は
黄金(こがね)色の血で美しく染(そ)め抜かれたことか

いまでも
土讃線の長いトンネルを抜けた途端
吉野川のけぶる手弱女は
お帰りなさいと優しく手を振ってくる

＋

というわけで　あなたにだけは
いまだからこそ　そっと　穏やかに
吐息だけで　囁きたい

始まるどころかまだ終わっていない
これが愛すべきぼくのふるさと

夜郎自大に思い上がっていると
そんなふるさとが
ふと　さとすように遡上してくるのです

進化論 1

時間の雨
球体（きゅうたい）の地表
層をなして
降り注（そそ）ぐ
霧（きり）のような
粒（つぶ）のような
骨（ほね）のような
瞬間の堆積（たいせき）
惑（まど）いの自重（じじゅう）

生命の陰影として
過去が走り
そのたびに
歴史的痛点が
削り取られる
固まっては気化する
気化しては液化する
岩石の中の
花びらのような
記憶のうねり

垂直に立つ

自律体(じりつたい)の皮膚
がやがやと
母胎(ぼたい)をくぐり
光っては腐り
張ってはゆるみ
縫(ぬ)っては裂(さ)け
極北(きょくほく)の領域にまで
転がっていく

進化論 I

進化論 2

あなた
といっても
顔も知らぬ
顔が有るのかも
知らぬ
匂（にお）いさえしない
まして
歳（とし）や性別
靴のサイズさえも

手足があるのかも
知らぬ
だが
あなたなしでは
太陽も
銀河（ぎんが）も
時間も
閉じられたままだった
細菌（さいきん）も
花も
犬も
人間も
ただの石塊（いしくれ）であった

そんな
謎めいた
大きいのか
小さいのか
重さも
色も分からぬ
ヒト
いや
ヒトではない
じゃあ
神？
神はいらね
じゃあ

モノ？
でもない
あえて言えば
コト
なのだ
あなたは
あの
きゅっと詰（つ）まった
何もない一点
勢いよく
熱（ねつ）い光の粒（つぶ）
を吐（は）き出し
力を編（あ）み上げ

見たこともない
不思議な歯車（はぐるま）
を考案し
億万年（おくまんねん）の
波に洗われ
なれの果ての地平
にょきにょきと
螺旋（らせん）を描き
四足歩行（しそくほこう）で
時雨雲（しぐれぐも）
を押し分ける
哺乳類（ほにゅうるい）
としての

進化論 2

真獣(しんじゅう)
としての
猿
としての
人類
としての
俺
としての
未来
に待ち受ける
没落(ぼつらく)は
すでに
書物の中から

始まっていて
すぐ目の前で
鎌（かま）
を振り回す
狂人
と
格闘（かくとう）しながら
鬱々（うつうつ）と
日がな一日を
ムダにする
だからこそ
明日の罵声（ばせい）に
怯（おび）えながらも

進化論 2

本当は
見たこともない
どこにいるのかも
知らぬ
軽いのか
重いのか
匂いさえしない
まして年齢も
性別も
靴のサイズ
さえもわからぬ
あなた
の

考えた
途方もない
ト書(が)き
めくるたび
楽になる
軽くなる
明日の痛罵(つうば)
いとおしくなる

進化論 2

進化論 3

過去を動かそうとして途方に暮れるのは
海のなかで塩を掬う徒労に似ている
そこらじゅう塩だらけなのに
塩は淡水のふりをして身を隠すだろ
掬っても掬っても
透明の水だ

そり返った紙の上の動かない笑顔だって
二十年も会ってなけりゃあ

簡単には捕まらない
抱えているモノの重さで
海の底の底の底の
底の底のそこへ
ずりずりずりっとめり込んで
行方(ゆくえ)をくらますのさ

無性(むしょう)に会いたくなったところで
掟(おきて)を破りゃあ
嘘ばかり言うのね、男は
ってことになっちまい警察を呼ばれる

だから

地球に帰依しろ
じっと蜘蛛の巣のように待て
塩を炙り出す聖なる火を

＋

高い壁の前で
ぺたぺたと
血のにじんだロール紙に
長い呪文を刻んでいるうちに
星の海は蒸発し
時折地響きをたてて降ってくるのは
低俗な磁場であり

進化論 3

梁(うつばり)であり
繭(まゆ)ごもりであり
鮪色(しびいろ)の手だ
砂の城は
いまも空へ空へと伸び続けている

結局あなたの秘密を探るのは
夕陽でできた自分の影を
虫アミですくいとるくらい難しく
生と死を繰り返し
踏み台になって
長い螺旋(らせん)の慈(いつく)しみを感じる猿だけが
あなたの望んだ地平の渦(うず)となるのだ

病葉（わくらば）

決めたことを何度も揺（ゆ）さぶっていると
腸（はらわた）を焼かれるぞ

豚も人間も
エサに釣（つ）られ丸焦（こ）げになるのは同じ
こんがり焼けた豚は美味（おい）しそうだけど

人間を焦がしてどうする
絶望だけで全力疾走できたなら一等賞だ
指を指されても
唾を吐かれても
呪いを掛けられても
気にしない

禍々(まがまが)しい風で吹き飛ばされそうなら
病葉となり老犬ジョン(一)と
闇(やみ)の稜線(りょうせん)を駆(か)け巡(めぐ)れ

(一) 幼稚園の頃、近所のお金持ちがジョンという名の白い大型犬を飼っていた。犬種は四国犬(しこくけん)だろうか。田舎では昔、犬を放し飼いにするのが当たり前だったので、ジョンは近所をうろつき、我が家にもよくやってきた。犬好きだった母はエサを小まめにやってジョンを手なずけ、ジョンはジョンで、まるで我が家で飼っている犬のようにわたしたちに懐(なつ)き、しょっちゅう軒先(のきさき)や玄関でのんびり昼寝をしていたものである。狼(おおかみ)に似た若くハンサムな犬で、毛並みもよくキレイな目をしていた。数年後、我が家が同じ町内の少し離れた場所に引っ越

してからも、住所を教えたわけではないのにいつのまにか我が家の場所を突き止め、ときどき遊びに来るようになった。もちろんジョンは人間の数倍のスピードで歳を取り老いていくことが、子供心にも分かった。

　ぼくが中学一年になったある春の日のこと……。自宅玄関のあがり框に腰かけてボンヤリしていると、開け放した扉の数十メートル先の黄色い菜の花が咲き乱れる畦道に、一匹のメス犬のあとを五、六匹のオス犬が追いかける発情した犬の群れがいるのに気がついた。よく見るとその群れの最後尾にジョンがいて、ジョン一匹だけがひどく老いていたためか、若い他のオス犬たちにワンワンと威嚇され攻撃されている。

　口笛を吹き「ジョン、おいで！」と呼びかけると、ジョンははっとしたようにこちらを見、ぼくの姿を認めると、嬉しそうに尻尾を振って駆け寄り、遠慮する様子もなく、どかっと玄関の三和土に座り込んだ。しかし、いつもとは違いジョンはやけに興奮して落ち着かない感じで、ウォーン、ウォーンと、これまで聞いたことのないような、か細くもの悲しい鳴き声を上げては、ぼくの方を見て何かを訴え、時折、急に体を折り曲げてペロペロと発情した自分の陰茎を舐めるのである。

「可哀想な老犬ジョン……。メス犬をめぐる恋の鞘当てに負けそうなんだね……」

まだ幼く純朴な田舎少年だったぼくは、もちろん、人間界でこれから待ち受けるであろう、色恋をめぐる過酷なドラマを知るよしもなかったけれど、恋愛道の厳しさや老いることの辛さを犬社会から教えられたようで、少しばかしホロリとしたのを覚えている。

ぼくは、框に腰かけたまま後ろから両足でジョンを挟み、高齢のため毛並みがボロボロになったジョンの体を優しく抱きかかえるようにして撫でてやった。ジョンは満足げな様子で身を任せていたが、撫でるのを止めると、切なそうな表情で僕を振り返り、撫で続けて、と言わんばかりに体を擦り付けてくるので、ぼくは、そのたびに、よしよし、と言ってまた撫でるのを再開するのであった。この繰り返しを何度か続けているうち、ようやくジョンも心を落ち着けたのか、元気な足取りで再び犬の群れに帰って行った。

寂しいことに、その日以来ジョンとは会っていない。今頃、どこでどうしてるだろうか。

病葉

雨の日

おまえらしくないなあ
いつまでも　うじうじ　つながろうと
後ろをみてる
そういうのが嫌（いや）で
おまえができてるんだろ
笑い声に気をとられるなんて
あのときのおまえだったら何ていうか
初心者にありがちなタジロギだよ
はやく前を向いて火を落とせ

ずるずる震(ふる)えてるのかい
でかい図体(ずうたい)してるのに
雨の日ぐらい外へ出ろ
思いっきり濡(ぬ)れちまいな
じゃぶざぶ　じゃぶざぶ
夜(よ)っぴて外は雨
のっぴきない辱(はずかし)めには慣れただろ
五歳の時にどぶ川で泣いて決めた
あの時の雨だ
つるむ　むつむ　うらむ　無理して笑う
こびる　すがる　こがれる　いじめる
命をうばう
流儀(りゅうぎ)じゃないだろ　そんなこと

行きどまりの週末ならば
朽葉（くちば）色の詩を静脈（じょうみゃく）に打ち込め
酔っ払ってきたら
世界がじわじわおまえを喝采（かっさい）してくれる
カチャカチャする皿の音
夕餉（ゆうげ）の匂い
ふいに哀然（あいぜん）とお前は動かない
何かに置いてかれたようにそわそわする
ほら
おまえの赤飯（せきはん）もしずかに炊（た）けた
よくみてごらん
雨はお前だけを濡らしてはいない
傘を差さずに立ちすくむ人が

なんて多いことか
びしょ濡れになっているのは
命とカネと愛と死と詩
たぶん言葉がはじまった時代から
ずっとそう
これ以外はぽっかりと黒い穴
ああ　ほんとうに
こいつをみてると気が滅入(めい)る
はやく前を向いて火を落とせ
むしろ雨のなか稲魂(いなだま)に打たれろ
むしろ身は雨に砕(くだ)かれるものと知り
雨のなか堂々と歩め
眼は上付(うわつ)きでも下付(したつ)きでもダメだ

うぬぼれたすまし顔の牛馬(ぎゅうば)のフンどもは
とっくの昔に流れ去った
きょうはお前らしくない
おまえが壊れてしまいそうだ
あのときのおまえだったら何ていうか
もうすぐ本当の雨がやってくる
浮(うわ)ついた雨ではなく
ぞっとする真の雨だ

雨の日

地図とあなた

何時間でも
地図を見ながら座ってられる

ほんとのところは
地図を見てるんじゃなく
思い出してるんです
あなたが辿(たど)った道のりを
あなたの地形を

二万分の一のこの街に
いったいいくつの十字路があるのだろう

交わらない等高線（とうこうせん）
縮尺（しゅくしゃく）の違う暮らし

ほんとのところは
地図を見てるんじゃなく
思い出しているんです
あなたの方位を
あなたの荒れ地を
あなたの断崖（きりぎし）を

破れかけの都市図じゃなく
血の通(かよ)ったあなたの葉脈(ようみゃく)を数えていたい

皿の上に乗っけておいた
食いそびれのトマトが二つ
仲良く
シワをたるませ
もつれ
めり込み
一つになって
雪のような青カビ
空からしんしん降りそそぎ
二つの死体

睦み合い
二つの死体
歌い出し
悲しみの酸味
立ちのぼり
見たことのない地球儀
孕ませる

こうなるとぼくはもう
嗄れた地図の悲鳴に耳を傾けて
そっと
次の夢路へ向かうしかないのです

ある日の午後

これはね
前にも言ったかも知れんけど
なんで起こるのか
原因はわからん

わからんが
色んな臓器(ぞうき)に病変は起こる

Aさんの場合

肺門(はいもん)リンパ節(せつ)と肺の中
こことここいら
ぽつぽつと
白い影が写っておるし
顔やこの辺(あた)り
ひざだね
ここにも病変が出てる

皮膚(ひふ)はね
ここんとこなんかは
誰にも見えんから
それはほっといても
かまわん

それがあるから
どうということはない

ただね
目はね
ここんとこの患者さんの中にもね
二、三人ね
失明した人はおるし
目はね
気いつけて
見てもらーにゃ
いかん

？　あーん
そうだね
病気が出てからちょうど十年だね
まあそう
なかなかなおらんね

早い人はすぐなおる
が
Ａさんの場合には
色んなとこに出とるから
多分続く
長くつきあう病気かもしれん

だからね
ガリウムシンチをやってね
正確な肺の状況を確かめといて
この二年で病状は変わらんかったけど
今度もし悪くなったとき
その正確な状況と比べてみて
悪くなったときの対応を
考えてみたらと思う

そう?
じゃあ三月三日に予約を入れとくよ

顔の方も

これは前よかひどくなったね
うん？
そう皮膚科が言ったの？
僕の考えでは治療をして
それ以上傷が
広がらないようにすることは
できると思う

行った方がいいと思うよ
Ａさんは独身なんでしょ？
紹介状書いておくから

新患扱いか再来か

僕にはわからん
看護婦(かんごふ)さんに聞いてみるけん

＋

医者の言葉は
まんま
詩やった

と

死んだAさんは
薄暗い西新(にしじん)の酔いどれバーの

ある日の午後

カウンターで
モヒートを飲みながら
明るい口調で僕に語ってくれました
X年前のことです
少し博多弁の訛り（なま）が
ありました

通勤途上

たった十キロの航跡に
敗亡の意匠がへんぺんと翻っている

黒バエはいつも俺の肩に止まり
ほら、すぐに
とがり
にがり
恨み顔だ

凱歌をあげているのは俺ではなく
恭順であり忍耐

ショベルカーにがんがん
足下の砂礫を掬われながら
俺は遠くや近くの淵源を考えてみる
むろん結論など出ない

ハエよ
黒バエよ
たぐいまれな嗅覚を持つ
お前たちよ

俺の行く手に
どしりと腰をすえる
このロゴスのめくれが
臭うのか？

思い切って
肉食であることを
やめてみた

とたんに
視界の震えはやんだが
遠い異国から葉書が届いた
複眼の肉食トンボ、おまえを狙う、と

今日の労働は
崩れた想いをかき分けかき分け
腐った瓦礫を背負っての挨拶回り

とりあえず俺の体液を瓶詰めにして
黒バエどものお中元としよう

湖底に沈んだ正義の城を回復するのは
いつの日か

水の音がして

水の音がして
皿やグラスやスプーンが
がちゃがちゃと騒がしいけど
左手で握りこぶしをつくるだけでいい
で、それを頭の後ろに
置いてみる
そう、その場所、その場所
その場所に
七十五ミリの丸釘（まるくぎ）を

くたびれた玄翁で
打ち込む簡単な作業です

ちょうど
高血圧の発作が起きる頃合いだから
先手先手で病巣を攻撃すれば
僕の頭痛は必ず治る
夢の中で僕の顔をした主治医が
そう言ってくれたので
僕はためらわずに
玄翁を振るうのだけど
釘の頭が小さいものだから
一度目と二度目は空振りをして

自分の指と後頭部を傷付ける

いまここで
自分の目で耳で鼻で舌で皮膚で
はっきりと
しなやかに
刻むことのできる
夕暮れの喫茶店
埋め尽くす赤いソファーも
骨盤のようなテーブルの触感も
燃えたつ砂漠のようなモカの香りも
ガラス窓の向こう
ひりつくロードノイズだって

僕の体の一部だ
意識から独立した客体（きゃくたい）なんかじゃない
みんな握（にぎ）りこぶし一個分のニューロンが
作り出した幻の世界

だから、少し斜（なな）め上に
打ち込むのがミソで
もしかして
世界を消してしまうのを
怯（おび）えてるのかと
疑われるのは嫌だから
三度目に僕は見事成功し
栄光を摑（つか）む

でも
下から上に向かって打ち込まれた釘は
意気地(いくじ)の無い僕の脳漿(のうしょう)で
ぬめるのか
錆(さ)びてくるのか
歩くたびに
さらさら
さらさら
と砂の音を立てて
抜け落ちるのです
後頭部に鏡を翳(かざ)してみると

誰かが僕の了承も得ないまま
好き勝手に釘を打ち込んだ形跡が
うかがえて
僕の頭は穴ぼこだらけとなっており
逆意を企てるたび
そこから人間の顔が次から次へと
こぼれ落ちてくるのです

僕は
それがさらさら音の原因だと
今頃になってようやく気がついた次第です

ガリガリスト

ぼくはまだ五十前の健康体なのに
みんなから死に顔が素敵だと言われる
調子に乗り駅前のエステで
美白トリートメントを予約すると
施術は雲の上なので
超高層ビルの屋上で羽ばたいてください
と、なり引き分けとなった
腹筋は毎日五十回ですけど
と、言ったがムダだった

焼くとポップコーンのように弾けるのかな
できれば香ばしい死に顔を
と、思うけど
生きてるうちに絶望した人は臭うらしい
どうせなら開き直ればよかった
もう世界を変えようなどとじたばたせず
どんな時代でも受け入れよう
ただ自分のことだけは守る
我利我利
ガリガリ
ガリガリスト
エゴイスト
できるかな

守れるかなあ
金目(かねめ)
欲目(よくめ)
筋目(すじめ)の
イキガミ様が
跋渉(ばっしょう)するこのご時世に

ぼくは若い頃
ずいぶんと恋をしたんだから
そういうのって加点(かてん)されないのかなあ
ああ
あのとき
もっと優しい言葉をかけとけばよかった

言っときますけど
後悔は別料金ですよ
こいつは始末(しまつ)に負えないですから
ぼく
忍耐はあるんです
どんなのにも耐えた
税金で返ってくるとかはないの？
夕焼けを食べたことがあるんです
家族捨ててから
粗食(そしょく)でしょ
口笛は禁止してました
だって真夜中ですもの
ああ

死に顔の美しいお嬢さん
墓場（はかば）を教えてください
墓場であなたと一緒に暮らしたい
きみの草の居場所（いばしょ）を
いつかたぐり寄せてみるよ
良かったら骨を交（か）わしましょ
そんなところから次の花が
渺々（びょうびょう）と芽吹（めぶ）くかもしれない

ガリガリスト

つらら

これは夏の盛りに突然生（は）えるつらら
約束事（やくそくごと）を内側から揺（ゆ）する業腹（ごうはら）なつらら
曲がった副鼻腔（ふくびくう）が
きめこまやかな白い肌が
間延（まの）びした乳首（ちくび）が
墓の周（まわ）りをさまよう襟足（えりあし）が
ラジオ体操する産毛（うぶげ）が
てんでてんでに
容赦（ようしゃ）なく高速で差し込んでくるよ

つらら

つららは秘密裡に切り裂く
何を？
決めたことを
つららは実にしぶとい
どうして？
快楽があるから
つららは爆裂して首筋の上にすっと落ちる
どのように？
脱力気味の笑みを浮かべて
ア行からζまでのつららは

焼け火箸（ひばし）のように熱く
知恵を寄せ付けない
水分を含んだ言葉は
あっという間に蒸発して空に消える

枯れ木の季節になれば
冷たく静かに
掃（は）き清めてくれるのだろうか
死に神が
あのぬるりと光る三日月のような
ナイフのような
石ころのような
つらら

つらら

二等国民

臆病者（おくびょうもの）のぼくがようやく重い腰を上げたとき
腰はすでになかった
慌てて腕を突き出そうとしたら
すでに腕はなかった
起ち上がろうとすると
足さえも消えていた
見渡すと
あるべきはずの陣地（じんち）すら売り払われていた
もちろん

気がつけばぼくは一匹の蚤（のみ）なのだ

人間同士がミサイルで殺しあっても
地が裂（さ）け山が火を噴き
街が海の底に沈んでも
ぼくは軽い体だから
風に飛ばされ空を
さまよって生きていけるはず

幾重（いくえ）にも幾重にも敗北を噛（か）みしめながら
どこまでもどこまでも
すり切れ流されるだけの
ぼくは正真正銘（しょうしんしょうめい）の二等国民

無人島

アスファルトの海に浮かぶ
軽量気泡（けいりょうきほう）コンクリートの無人島で
遠い昔の雨が降った

きみの光は届かないし
届いたとしても
もう数億年も昔のきみだ

ぼくは胸をやられて声が出ず

外洋に向かって盛んに手を振るけど
実際には、振ってなどいない
やせ我慢するだけ
そのくせ
母船の気配にはじっと耳を澄ます

海のうねりがふいに形を変え
パラパラと記号のしぶきを飛ばし始めた

ぼくはここぞとばかりにつま先だち
両拳を高く翳して
祈るような顔つきになるが
波はニュートリノみたく

無人島をすり抜けるだけで
誰の声も聞こえてこなかった

都合(つごう)の良いことなど起こるはずもないのに
たくましい前向きな心が
きょうも数センチほど魂に傷を付けた
島の植物もおおかた枯れたようだ

無人島

捨てた

捨てた
いろんなものを捨てた
固いものも柔らかいものも
捨てた
全部捨てた
重いものも軽いものも
腐るものも腐らないものも
捨てた
全部捨てた

美しいものも美しくないものも
背負えるものも背負えないものも
嚙み合うものも嚙み合わないものも
憤怒混じりに
捨てた
よれよれの鉄面皮で
捨てた
泣きながら
捨てた
陰影のあるものもないものも
正しいものも正しくないものも
つらいものもつらくないものも
厚みあるものはぺらぺらに

尖(とが)ったものは打ち負かし
ざらつくものはつんつるに
理路整然(りろせいぜん)と
腕を全力に振って
捨てた
秩序(ちつじょ)も無法(むほう)も
睨(にら)みも抱擁(ほうよう)も
緯度(いど)と経度(けいど)までも
捨てた

纏(まと)うものは
みんな脱(ぬ)いだ
この皮膚(ひふ)さえも剝(は)いだ

燃えるモノは空へ
燃えないモノは土へ
湿ったモノは取扱注意(とりあつかいちゅうい)
冷蔵庫の中はガラガラ
畳(たたみ)の上は布団一枚
やってくるのは雀(すずめ)だけ
去っていくものの後ろ姿は見ない

捨てられたものが
何か言いたそうにしていた
クスクスと笑った
笑ったように見えた
笑っていてほしいと心から思う

リストラ・エレジー

石のような夕暮れ
もう若いやつらの時代だと
おいらの目が耳が受け取る
音を静かに冷蔵(れいぞう)する手紙
おいらの時代など一度も来ないまま

若いやつらの時代だという
魂（たましい）にのびしろのないおいらなんぞ
もういらないという

若いやつらの時代だという

枯れ葉の化石（かせき）

恵まれたやつらは
生まれたときから風に乗っている

昔は　いつかいつか　で楽しかった

空も星も花もおまえも
みんなおいらのものだ

いつかいつかと　うずきながら
一生懸命（いっしょうけんめい）　お茶を汲（く）んだ

そのお茶が　もう　まずいという
青茶（あおちゃ）だという
出がらしだという

十

紙をえんぴつで掘(ほ)っていくと
遠い　暖かな　いつかいつか　が
浮かんでくる

いろいろ
いばらが
いっぱいの
いわのうえ
いじわるで
いくじなし
いつまでも
いきごみばかりで
いったりきたり

いみなく
いのる
いつか　いつかの
いっしょう　がい

＋

茶筒（ちゃづつ）の中はおいらの光で澄（す）んでいた
みんな　おいらのお茶を　明るく
さらってくれた
美味（おい）しいと　歌ってくれた

浅黒い手紙
おいらはさまよう
食べ残したものは　いまどこらへんだ

＋

おいらの時代
おいらだけ透明（とうめい）にして
雨ばかり降らす

ぽつり　ぽつり
ぽっく　ぽっく
てっく　てっく
よっち　よっち
こっち　こっち
こっちよ　こっち

ああ
あんだけぎゅーっと
おいらの手を握（にぎ）って離さなかった
あの子らも
おいらの手はもういらないという

おいらの手は冷血（れいけつ）だという
卵のまま葬（ほうむ）られた恐竜（きょうりゅう）も
ぜったいにおいらを許さないという

驟雨（しゅうう）
五月雨（さみだれ）
寒九雨（かんくあめ）

十

おいらはもう

揺蕩う十等星の
岩の一生でよかったんだ

無理をして
土星の公園で
さかあがりをつづけてる
こんなおいらの
いつかいつかだから
おまえがあきれて去って行くのも
しかたない

涙の降る夕暮れ

若いやつらの時代だという
枯れ葉の化石

ぼうふらと統括さん

実りもしない冬の収穫を取り損ねて僕は、深夜の側溝にバタフライで沈むぼうふら。固形物の海で溺れながら見たモノの形が、ゆっくりと薄れ狭まっていき、やがて意識が白の球体で覆われると、統括さんの声が耳朶の虚に満ちてくる。その声は凹面鏡のようにつるつるで、夜中に音もなく降り積もる綿雪のように静謐だ。

統括さんはいつも冷静なコンシェルジュ。統括さんが視床-皮質系の光背からやさしく語りかけてくれれば、怒りも絶望も猥褻も吝嗇も嘲笑も悪意も卑屈も傲慢もすべて原子スープの具になる。僕はあなたの忠実な実践者。あなたに笑われないよう、白い反故紙(ほごし)を黒い胆汁(たんじゅう)で梳(す)き上げ、美しい銀の標語(ひょうご)を刻(きざ)んでみよう。そして、自分が何者なのか、神託(しんたく)を乞(こ)うてみたい。

……目が覚める。

呼吸をいくぶん確かめてみる
黒ずんでいた

でも空は
まだ朽(く)ちてはいなかった
目を閉じ骨をならし
空気の中にある陽光(ようこう)をかぎとる

やがて闇(やみ)に冷えていく
今は揺れる時間

明日(あした)の朝が
来ないのならば
明日よりも
ずっと遠い明日に
祈りを届ければいい

点呼(てんこ)には口笛で答えておけ

ぼうふらと統括さん

デリヘル嬢の詩（うた）

きょう
遠い世界を泳ぐために
煤（すす）けた布を破り捨てる

＋

カネで買ってくれてもいいんだ

どうせ鉢植え(はちう)えのリヴァイアサン
捨てられるよりはマシかもね
枯れてしまってもかまわない
腐るほどの水気(みずけ)はとうにないから
週末がぽっかりと雲に巻き付いている
積乱雲(せきらんうん)の匂いがしてきた

雨がもうじき手に入る
大地が水浸(みずびた)しになる
海の飢(う)えが和(やわ)らぐ
涙が補充(ほじゅう)されていく
水星(すいせい)が癒(い)やされる

＋

愛した人は

雨の日に
目の前で死んだ

十

なんでずっと孤独なのかを考えてみた
人が嫌いなんじゃないんだ
好きで好きでたまらない

あなたのことだって

でもね

みっともないんだ
欲しがる心が

骨はまがり
皮膚(ひふ)はたるむ

ずっと穴蔵(あなぐら)にはいって
目を瞑(つむ)っていたい

ようこそグリーゼ876d[1]へ
有限のなかを無限にいきる
無限のなかで有限にいきる
すべての誕生は白い布で覆(おお)われていた
布をめくるのは誰だ
ようこそK2-18b[2]へ

(1) 地球に環境の似た太陽系外惑星。
(2) 2015年に発見された太陽系外惑星。水の存在が確認されている。

喪服の男

やけに馴(な)れ馴れしい
視線を合わすとスッとそらす
見え透(す)いたお世辞をいう
つまらない道徳論をぶつ
憂国(ゆうこく)の志士(しし)きどり
俺の眼の前で酒を飲む
この喪服(もふく)の男は誰だ
誰が死んだわけでもないのに
陰気な黒い服で

水死体のように顔が腫(は)れぼったい
まだ五十前なのに老人斑(ろうじんはん)
開いた毛穴
ヤニ臭い息
気取った言い回しに
ネオ・リベラル製の腕時計
もちろんそいつは
金色(こんじき)に輝(かがや)くことを忘れない
躊躇(ためら)わない
鼻で笑う

「戦争の始まった夜は冷えますねえ」

あいつらも必死だ
生き抜くために人を喰らう
戦争の始まった夜だから
目をすぼめてみると
そこらじゅうが喪服の男ばかり

やつらの顔が死人のように膨張して
両の目がつり上がっているのは
戦争が始まった夜だから

あいつらは鉄砲やミサイルを使わなくとも
人を殺せる力を持っている
不自然な笑いをしているのは

さっき挨拶を交わしたはずなのに
もう誰かを殺す算段を始めてるから

さあさ、皆様
おひらきでございますよ
今年もよろしくお願いいたします

糸がほつれ

わたしを織る
ひとつながりの糸が解れ
海に戻るとき
多少の風は吹いているかも知れない
雨なのか雪なのか
おそらく
地球はしぶとく回り続け
大地が裂けているわけでも
空で赤い彗星が

膨らんでいるわけでもない
人々は土足のまま
あたり一面畳張りの
河岸段丘に上がり込み
多少はあからさまな舌打ちをして
黒い海水を拭い取るのだろう
もしかしたら
その後数世紀は土に埋もれ
官報にも載らず
誰にも知られずに
風が骨片を吹き鳴らし
夏草が揺れ
燃え立つ夕雲

秋に散り
冬の子籠(こご)もり
千五百(ちいほ)の産屋(うぶや)(一)
芽吹(めぶ)いては
千頭(ちかしら)殺され
そのたびに蘇(よみがえ)る人草(ひとくさ)　民草(たみくさ)
いさおしの火
そんな
気の遠くなる
さびしい地殻(ちかく)の陰影(いんえい)
魂魄(こんぱく)の循環(じゅんかん)　地表の震(ふる)えこそが
わたしだとしても
臆(おく)することなく飄々(ひょうひょう)と

巨大な車輪が回る草原に腰を下ろし
菜の花の浮かぶ盥で沐浴をしながら
無数の人波が昇っていく地平線の
ずっとずっと向こうを
骨全体で感じていよう

（一）『古事記（上）』（次田真幸全訳注）講談社学術文庫より。

オストラシズム

人肉（じんにく）が一切れあるとしよう
上役（うわやく）がいうには
これを食えないようじゃあ
出世（しゅっせ）は無理だと

はいはいと
元気よく手を挙げた
ピラニア大学
きんぴら学部

柴漬学科出の
サラリーマンが
食います食いますと
元気よく
唾を飛ばし
家族がいるわたしだもの
人肉だろうが
腐肉だろうが
ミミズだろうが　と
上役様の手元にある
閻魔帳を凝視する

沈んでいく男がいるとしよう

上役がいうには
石ぐらい投げられないようなら
出世など無理だ　と

ローンを抱えている

わたしなら
竹の棒で突っつけます　と
ピラニア大学出のその男は
自宅から持参した物干し竿（ざお）で
沈んでいく男の背中を
嬉々（きき）として
押さえつけ　刺し貫（つらぬ）いた
顔はすばやく

上役の方を向き
何か欲しがっている

食うためならば
何だって許されるんだ
愛する家族のためだもの

その瞬間
ゴロゴロドッカーンと
雷鳴がとどろき
あらゆる知性が沈黙した

上役がいうには

モノをいう奴はダメだと
内面にこだわる奴は偽善だと
唾を吐かない奴は怠惰だと

だから
怯えている奴がいれば　脅せ
脅しができないようで
管理職になれるか　と

唾を吐いたきんぴら学部出の男は
鳥の首をちぎって
そいつの引き出しの中に
入れてやった

愛する家族のために
銀行の支払期日（しはらいきじつ）のために

鳥の首で
課長になった
柴漬学科出の男がいうには
食うためだもの
愛する家族のためだもの
怪文書（かいぶんしょ）くらい軽い軽い

一文字（ひともじ）に人を殺せるほどの
毒がなきゃあダメだ

月にまで撒(ま)いてくるほどの
執着心(しゅうちゃくしん)がないと
出世など　と
セリフと脅し方まで
上役様にうりふたつ

食うためなのさ
愛する家族のためだと
いってるだろ
ローンのためさ
雇われていることを
もっと感謝しなきゃあ

目は玉座（ぎょくざ）を愛（め）でるためのもの
口は沈黙するため
耳は指令を聞くためのもの

ああ　愛すべき上役様　上司（じょうし）様
敬愛する首領（しゅりょう）様

だめだめ　そんな声じゃ
もっと切（せつ）ない声で
そんなだと
出世どころか
明日のオストラシズムだ

我が家に帰ると
愛すべき小鳥たちが
嘴を開け
ぴーぴー餌を
ねだってくる
課長になった家父長は
満足げな
威厳たっぷりの物腰で
嘴に札束を投げ入れてやる
小鳥がどんどん
金臭くなっていく

義を見て為さざるは

勇なきなり　という
古風な男がいたとしよう
背中にナイフが
突き刺さったままなのは
助けてやった男に
嵐の夜
裏切られたからだという

金がなければ
学校にも行けない
パソコンも車も
本だって買えやしない

金がないのは辛(つら)いことだ

その瞬間
ゴロゴロドッカーンと
雷鳴がとどろき
すべての優しさが蒸発(じょうはつ)した

もう　正義とは何かが
分からなくなった

課長がいうには
さっきから
いちゃもんつける

あのヒューマニストが
目障(めざわ)りだ　と

食うためだもの
愛する家族のためだもの
ローンのためだもの
お命ひとつ頂戴(ちょうだい)します

光る森

編み織られた瓦礫の一行一行の
遥か遠くの先に
光る森があって
美しい痩せた老人が虹を送っている

老人はすべてを捨てたので
身を包む皮も軽やかで輝いている

顔に刻まれた皺は

旅立っていったものの墓標というが
老人にとってはもうそんなことすら
どうでもいいのだ
ただ一心に虹を送っている

＊

遠い過去
バス
取り残されるわたし
シワシワの手で
だんだん意固地になって
あなたは

風洞の中を駆け上ってくる永遠

＊

透き通っていたものは濁り
輝いていた表面は汚れ
漲っていたものは緩み
白かったものは黄ばみ
柔軟だったものは強ばり
豊富だったものは欠乏し
削ぎ落ちていたものは過剰となり
真っ直ぐだったものは曲がり
変化ではなく退屈が支配し

焦(あせ)ろうにも体が動かず
集中しようにも頭がふらつき
夢を見ていた視界は狭(せば)まってくる
眠れ眠れ
怠(なま)け者よ
世間相場(せけんそうば)よりも
長く深く循循(じゅんじゅん)と

*

大切なものがはかなく薄(うす)らぎ
誇らしいものがみな散らばると
一匹の白狐(びゃっこ)が気まぐれに雨を降らす

その雨が弱まり
死にかけている恒星（こうせい）に共鳴（きょうめい）すると
人それぞれの虹が許され
美しい痩せた老人が空に届けるという

＊

数えられるものよりも
愛（め）でられるものを大切にしよう
ぴーんと立った尻尾（しっぽ）もいらぬ
話したければ墓場の隅っこで
骨張（ほねば）った空気を吸えばいい

大切なものは
もう心の中に編み上げた
あとは
美しい痩せた老人に懇願（こんがん）して
雨を降らせてもらおう
虹を送ってもらおう

*

一人ホームに乗り遅れても
必ずいつか光る森にたどり着ける
きみは安心して
沈（しず）んでいいよ

夕べの放火魔

指ぱっちん指ぱっちん
するすると炎
黄金の花実らす
隷従の吊り橋
夕べ焼け

浪花節の声帯
喉仏にぽっかり空いた穴凹
邪悪な空気ばかり

ぷかぷか

指ぱっちん指ぱっちん
するすると炎
夕べ焼け
出っ張(ぱ)りや
正義の心
擦(す)り減らす
十三(じゅうさん)階段

戻れないのではなく
渡らない
昇らない

上がるのは
進軍ラッパの熱気球
鮫の知性が
たっぷんたっぷん
下がるのは
陸や未来やこころざし

〜であるか
〜でないか

パテの腐れの
ロゴスの切れ目から

沁(し)み出してくるよ
ネクタイ族
ルサンチマン
俺の顔舐(な)め回す仮面の膠(にかわ)
ずんだ餅(もち)

焼き場だ団子(だんご)だ
どんつくどんつく

放火魔になり
かいくぐるピカレスク
この重低音(じゅうていおん)から
悪所(あくしょ)落としの逃散(ちょうさん)へ

指ぱっちん指ぱっちん
するすると炎
するすると炎

夕べの放火魔

祝婚歌

踏み外しそうな欄干(らんかん)だな
そう思ったとき
たいてい地殻(ちかく)は動いている

地表(ちひょう)の上のちっぽけなぼくは
何年も何年も記憶の嘔吐(おうと)を繰り返し
分厚(ぶあつ)い外皮(がいひ)を鍛(きた)え上げた
それはきみのせいでもあり
それぞれの暮らしを生きる

複数のきみのせいでもあり
生き抜く知恵でもあったけど
今でも時々血は流れるんだ

すべては
このろくでなしのぼくに源流があって
川下にいても
川上にいても
流れてくる汚物はすべて循環している
目をこらしてみれば
何年もまえのぼく自身の瓦礫が
空からも降ってくる
もちろん

見たくもないきみの幸せで
おめでとう
この痛みは永遠に繰り返す
雨ならまだしも
風ならまだしも
おめでとう
世界のどこにも
ぼくはいない
唄（うた）う前に死んだ目つきで
拍子（ひょうし）を取って
びしょ濡れの楽譜（がくふ）で
生きる意味を考えた

そのとき
ぼくは世界とどうやって
ハミングすればいいのだろうか？

動いていたのは自分ではなく
立っていた大地
そう気づいてしまって
ぼくの星辰（せいしん）が祝う
おめでとう
焼け焦（こ）げた廃墟（はいきょ）
夏を知らぬ桜の花束（はなたば）
眼の中の犬が知らぬまに
おめでとう

赤く深く枯れていく

どこでつまずいたのか
念入りにチャートを繰(く)っても
誰にも分からない
おめでとう
きみは輝きながら優雅(ゆうが)に
花弁(かべん)を閉じた
おめでとう
そして今度こそ
本当に
さようなら

祝婚歌

生きている歩幅

かつて
思想の岸辺を流れる川は澄んでいた
透明な血の色をしていた

ぼくらは
理性の両岸で地の底から憎み合って
誰かの背骨をごりごりとしゃぶっていた

アルビノたちは躊躇せず竹竿で片目をつぶし

怪しげな神に捧げていた

貧乏だったが幸せだった

どんな浅瀬でつまずき知らぬまに日が暮れても
ぼくらの炎は無傷だった

どんな暗闇も内側から熱せられていた

どんな悲しみも力強く温度を輻射していた

頑丈な書籍と毛むくじゃらの羅針盤が
ぼくらの営為を育て眼の壁を爆破してくれた

村々に掲(かか)げられた善悪の旗は
どんな遠くからでも
はっきりと呪(のろ)いの意味を伝令(でんれい)し
行儀(ぎょうぎ)良く言葉の匂(にお)いを運んでくれた

ぼくらの虹彩(こうさい)はいつでも開かれていた
貫(つらぬ)かれていた

絶頂(ぜっちょう)だった

世界が佇立(ちょりつ)してぼくらの貧しさを喝采(かっさい)していた

＊

それがどうだ
かつての川は方位(ほうい)を失い
濁(にご)り
腐り
船を沈めている
空の震央(しんおう)も澱(よど)んでいる
村々の旗はネオンに犯され
意味を盗まれてしまった

片目のアルビノは
一等級の盗賊になって懸賞金が付いた

日が陰り思想の岸辺が濁ってからは
誰が敵なのか分からなくなった

川の下流では
人々がパニックになって
同士討ちを始めてしまった

もはや憎み合うことは特権ではなく
酒場の隅々まで張り巡らされた
国民の義務となった

伸びてくる闇（やみ）に不安を感じた人々は
薪（まき）ではなく書を火にくべて
暗闇（くらやみ）の仲間を出し抜いた

落葉樹（らくようじゅ）の葉が一枚一枚抜け落ちるように
世界から同志は一人ずつ消え去り
遙（はる）かな一昨日
ガンを患（わずら）う同志からぼくは絶縁（ぜつえん）される

稲枯（いが）らしがぴゅーうるると吹き
濁った川面（かわも）を揺らしている

ただ風の流れを追う人ばかりが
真ん中をくり抜いている

＊

脱皮したぼく自身の抜け殻（がら）
落ち葉の落下速度よりも早く日が傾いていく
そんな泣き言を言っても川は流れている
人は生きている

光が落ちる領域（りょういき）には天使が鎮座（ちんざ）してる

人の暮らしは変わらない
水車は回り続ける
閉じた白いパラソルが天使に見えた
歩く歩幅（ほはば）
生きている歩幅

冷蔵庫

冷蔵庫のなかの
あなたの実がかびている
破けたあなたがうっすらと手を振り
一目散に命を燃やそうと
どうか発酵させてと
春の嵐
来そうな気配で
桜の花弁が少し迷った……

わたしの窓のなかで
あなたが美しく影を育てている
わたしはただ冷蔵庫の前にたたずみ
あなたの孵化（ふか）を待つだけの午後

海の底が見える　1

真夜中に目覚めた途端
心が夢の中の重力で黒くべっちょり
押しつぶされていると
それは怪物のような夜
自宅で首を吊った大女優の心も

ホテルから飛び降りたあのタレントの心も
怪物のような夜に負けた
明かりをつけて深呼吸しても
怪物が去らなければ
もう我が身もろとも自爆攻撃（じばくこうげき）のやりかたで
怪物を滅ぼすしかなくなってしまうんだ

海の底が見える　2

弱った心で眠っていると
ときおり船底（せんてい）が破れて深い海の底が見える
そんなときは目覚めてもびしょ濡（ぬ）れだけど
いったい何が濡れているのか
自分でもよく分からない
ただこの世には
そこに辿（たど）り着きさえすれば
宇宙のカラクリが分かるという
不思議な境界面（きょうかいめん）があるというから

もしかしたらこの海の底が水輪際(すいりんざい)で
心が濡れているのは
星の欠片(かけら)や
悪や正義や悲しみや幸せなんかが
ドボンドボンと
その次元の裂(さ)け目に吸い込まれていった時の
飛沫(しぶき)のせいかもしれない……
などと中二病的に考えてしまって
ぼくは今日も
問題の本質から目をそらして生きている
広げた手に杭(くい)を打ち込まれるのは辛(つら)いことだし
歩いてきた道程(みちのり)に

生ゴミをぶちまかれるのも悲しいことだ
ただ
世の中がもう
どうにもならない
抗（あらが）えない
なすすべのない
熱と力で
転がっていくようになったなら
太い根っこのようなものは切り捨てて
地軸（ちじく）がほんの少し歪（ゆが）む日の閃光（せんこう）を
夢想するのはどうだろう
もちろん、念のため
古い事跡（じせき）の詰まった実生（みしょう）の苗（なえ）をひと束（たば）

犬の背中にくくりつけておくのを忘れずに

一周忌（いっしゅうき）

一年まえに親父（おやじ）が死んだとき
僕は涙一つ流さなかった

けれど
夢にはしれっと何度でも出てくる
生きていたときのあなたが

僕の方も
最近は耄碌（もうろく）しているせいか

父さん
あなたは死んだはずじゃあ
などとは思わずに
夢の中の亡霊を違和感なく受け入れ
あんなところに親父が
と
普通にやりすごすんだ

夢の中のあなたは
なんだか生きてたときよりも無口で
少し遠くで背中ばかりみせ
どこかへ歩いて消えるけど
亡霊になると人は誰しもが

慎み深く口数が減るのかな

帰りたくもないうつつ世の始まりを
日の光が知らせる
弱り目に祟り目のようなずず黒い朝

僕はようやく
あなたが死んでたことを思いだし
あれはもしや亡霊なのかと
幽冥界の形而上学に
魅入られる自分を苦笑する

だって

神なんかいるもんか
霊魂なんてあるわけない
と僕に教え諭したのは
他ならぬあなたなんだから

葬式なんか要らぬ
人間は死ぬと
すぐに黴菌が繁殖して汚い汁が出るから
自分が死んだなら体中の穴に綿を詰め
腐らぬよう一刻も早く焼いてくれと
言うのが
元気な時のあなたの口癖だったけど
そんなこともありがたいことに

全部葬儀屋の人が
手配してくれたようで
ぼくはただ
あなたのハンサムな死に顔が
こんがりと白い骨に焼かれるのを
眺(なが)めるだけだった

次に焼かれそうなのは
……
最近は
そんなことばかり考えて
無口な亡霊に話しかけようと
待っているけど

困ったことに
この頃は
もうあまり出てこなくなった

土民皇帝

盛り場(さかりば)でさびしく一人
行くあてもなく
ひりひりと漂泊(ひょうはく)する僕

僕を見ている僕も
ずいぶんと僕の中からはみ出してきて
生意気(なまいき)な様子で
僕を観察して哀(あわ)れんでいやがる

僕は確かに
群れることのできない嫉妬深い赤犬で
誰一人臣下のいない土民皇帝
何一つなし遂げられぬ自意識過剰の荒人神

その晩も
偉そうに胸を張って川辺に佇み
そこらの雑草をかき揺らすだけの
空疎な錫杖を地面に突き刺し（た体で）
疫病明けのネオンサインの明るさを
皇帝のような崇厳な面持ちで
慈しんでいた
愛でていた

凡俗の野人は
色恋
金子
明日の糧食だけど
真人はただ感じるのみ
川風の柔らかさを
無常の真理を
時を貫く因果律の重なりを

そう酸っぱい吐息で自慰ってると
突然
過去から突進してきた雌イノシシに

下肢を抉られて流血し
それを見てた僕の中の僕が
半身を乗り出し
やっぱりね
バカみたい
土民のくせに
と
痛烈な悪罵を投げかけて来るのである

もちろん
僕はもうすでによぼつき
大脳が白質化しているので
誰の視界にも入らない

気にもされない
でも
僕は僕で
地を這（は）う人々など
羨（うらや）ましくない
眩（まぶ）しくない
見てもいない
と子供っぽく言い返すものの
勝敗は歴然（れきぜん）で僕はすぐに涙目（なみだめ）になった

本当は無能で孤独な土蜘蛛（つちぐも）さん

そう野次（やじ）られた瞬間

僕はもうぐうの音も出ず
ただウワァーと叫び声を上げ
ハロウィンで仮装した若者たちの間を
ゾンビのようなふりをして走って逃げた

砂の海

砂の海だね　ここは
だから
背骨をしっかり伸ばさないと
砂嵐（すなあらし）が滅ぼしにやってくる

風が吹かぬよう
花が散らぬよう
おまえたちを
虹（にじ）のテントでくるんでおきたい

男は砂漠の海の防人（さきもり）となり
漁船（ぎょせん）の舳先（へさき）で仁王立（におうだ）ちしている

脱ぎ慣れない甲冑（かっちゅう）の縫（ぬ）い目から
滴（しずく）がこぼれ落ちそうだ

日付の変わる真夜中
決まって吹き荒れる赤く燃える砂は
寄り添（そ）うモノをみな根こそぎ焼き払う
この町もそう
井戸も涸れ
互いの顔を思い出す人ももういない

風が吹かぬよう
花が散らぬよう
憎しみの窓が破られぬよう
根気よく根気よく
砂漠の海に釣り糸を垂らそう

だが

焼かれても焼かれても
月と雨と太陽はめぐりめぐって
廃墟の町に槌音を響かす
青々とした小さな生き物も
水面を走り回る
今日はもう八回目の春だ

きっとだに　と母子（ぼし）家庭で育つ双子が
真っすぐにそよぐソプラノの遠州弁（えんしゅうべん）で
約束を桜の花びらに乗せ春の歌を歌った
背丈（せたけ）は青竹（あおたけ）のよう

男は
欲しい物は何もないよ　という
遠慮（えんりょ）がちの伏（ふ）し目が
暮らしを透（す）けて見せるのに慌（あわ）て
物で刈り取ろうとしているこの距離の
始まりに遡（さかのぼ）っていけたなら
欲しいものを欲しがってくれたろうか　と

無駄な明かりをつけ苦しんでみた

たとえ
あだ花であっても造花（ぞうか）であっても
たとえ
世界が息切れし
ししむらが銃眼（じゅうがん）で裏返っても
風が吹かぬよう
花が散らぬよう
憎しみの窓が破られぬよう
根気よく根気よく
砂漠の海に釣り糸を垂（た）らそう

砂の海

別れ際（ぎわ）決して後ろを振り向かない
おまえたちの小さな背中

砂の海で溺（おぼ）れる男だから
志願して熱砂（ねっさ）の襲来（しゅうらい）を見張っていよう
嘘（うそ）にならぬよう
アザにならぬよう
言葉には栞（しおり）をつけよう

風は吹くなよ
花は散るなよ

銃弾（じゅうだん）は放（はな）たれるな

一九九九年のミイラ

サンチャゴの真ん中では
貝柱（かいばしら）たちが権杖（けんじょう）をふるい
鏑矢（かぶらや）をモネダ宮（ぐう）[1]の二階へ放つ
アボカドや穴子（あなご）
深草色（ふかくさいろ）のピラニア（カラビネーロス）に囲まれて

コレステロールが粘（ねば）っこくて重たい奴らだ

馬鈴薯（ばれいしょ）たちに慕（した）われて

バルコニーに立った理想主義者は
たった三年でダイオキシンの爆弾にやられ
ハンカチを振ったまま
記憶の中の存在となり
ゴルペ(クーデター)(2)の年に生まれた子供たちは
もう二十六歳の立派な馬鈴薯になった

汚染された澄(す)まし眼(まなこ)の近海魚(きんかいぎょ)たちは
杖(つえ)の先の血糊(ちのり)を舐(な)めに集まり
金利(きんり)と株をつけ込んだ二十六年物の
ビーニャ産ワインをたらふく飲んで
マコガレイの愛人を口説(くど)いてる
うわべだけのココロで

湯がけされ料理され
切り刻(きざ)まれて砂漠に眠る馬鈴薯
デサパレシードス(行方不明者)(3)

これがおいら達の世界さ

カスエラ(4)の臭いが
アンデスの裾野(すその)をいつも覆(おお)ってた

ここじゃあ何百年のあいだ
馬鈴薯はカスエラの中で
煮(に)られ

食われ
崩(くず)れ
捨てられ
発熱するもの

なんにも変わっていやしねえ

サンチャゴの南
ペニャレオン(5)では
馬鈴薯たちが火を焚(た)いて鍋(なべ)を作り
雨漏(あまも)りのするテントの中で夜を過ごし
父(とう)ちゃん父ちゃんと
トマトのような子供たちが

父ちゃんの胸板（むないた）の上で夢を見ている
一九九九年のサンチャゴの冬は
いやに冷えるね

そうでもないわよ
わたしはいまでもハダカのまま
はやくわたしのハダカを見においで

チリ北部
ピサグア(6)の砂漠に眠っている
ミイラ（モミア）が微笑んだ

彼女はもう二十六年間一人暮らしだ
サンチャゴの東
ラスコンデス(7)では
花売り少女のラケルが
五百ペソのバラの花を七本胸に抱え
今夜
自分の歳の数だけのその花が全部売れれば
あの飲んだくれの親父に
殴(なぐ)られなくてすむわ
と考えていた九月十一日
すなわち百二十C推定(すいてい)千二百本の
モロトフの爆弾(8)が紅(あか)い尾を引き

参加人数一万人
一人当たり二十五個
計二十五万個の小石と殴打（おうだ）が飛び交（か）い
三十台の放水車の水は
将軍の小便よりも勢いよく
二人が死んで
七十七名が負傷し
四百五十七名が
拘束（こうそく）された素敵（すてき）な休日の夜

ラケルの花は三本売れたがせいぜいで
猫声（ねこごえ）の将軍が
共産主義者を殺してこしらえた

あの汚い金にはとうてい及ばず
その将軍はといえば
独裁者好きの馬鹿な金持ち
一千五百人がガン首並べて
将軍の功績をたたえるパーティーの
主賓(しゅひん)と面目躍如(めんもくやくじょ)
自分の人殺しを棚(たな)に上げ
国民融和(ゆうわ)を唱える感動のスピーチに
金持ち一同総立ちで拍手拍手の大嵐(おおあらし)

花売りのラケルは
夜も更(ふ)ける外人レストランの一角(いっかく)に座り込み
冷やかし客に毒づいて

売春婦の作法を覚えるが
さっきから正義者面する
そんなあなた様といったら
アリエッタに六万ペソをにぎらせ
ついでに陰茎を握らせ
肛門と陰嚢がくすくす笑ったら
四万三千五十ペソの食事をして
三千飛んで三十ペソのタクシー代を支払い
七千八百五十ペソのコンチャ・イ・トーロ(9)と
韓国製偽かっぱえびせんの釣り銭も数えず
一万五千四百八十二ペソの光熱費と
二万三千五百二十三ペソの共益費がふんだくられる
家賃二十三万ペソの高層マンションに帰ると

濃霧しみこむ真っ暗な深夜二時の守衛室で
月給一八万八千七百二十三ペソ(10)のホセが起きている

オーラ！　ホセ！
フェリース・オンセ・デ・セプティエンブレ(11)！

(1) チリの首都サンチャゴにある大統領府の別名。
(2) 世界で初めて民主的な選挙で選ばれたアジェンデ社会主義政権は、一九七三年九月十一日、ピノチェ将軍率いる残忍な軍事クーデター（スペイン語でゴルペ）によって倒され、以後約十六年に及ぶ軍事独裁政権が続いた。この間、公式に確認されているだけで三千名以上の国民が殺害された。
(3) ピノチェの軍事独裁政権時代に拉致、殺害された被害者のことは、スペイン語で

「行方不明者（デサパレシードス）」と呼ばれ、その一部は、チリ北部の砂漠地帯で処刑されその地に埋められたことが、民主化後の調査で分かっている。ちなみに、日本ではいまだに独裁者ピノチェのことを「ピノチェト」と書く悪習慣が続いているが、現地ではPinochetの末尾のtは発音せず、ピノチェと呼ばれる。これはまだ日本人が地球の裏側のチリに行くことが珍しかった二十世紀半ば頃、役人や学者、新聞メディアが英語読みから連想して無理矢理付けた人名表記のなごりであって、ドイツの文豪ゲーテを「ギョエテ」と書くようなものである。

(4) カスエラとは、牛肉やタマネギなどと一緒にジャガイモを煮込んだ鍋（なべ）料理のこと。

(5) サンチャゴ南部にある低所得層の多い区域。不景気で家を失った貧困層は、この地にカンパメントと呼ばれるテント村を形成して共同生活をしていた。

(6) チリ北部の砂漠地帯にある中堅都市。

(7) 富裕層の住む高級住宅街。サンチャゴ有数の繁華街がある。

(8) モロトフの爆弾（ボンバ・デ・モロトフ）とは火炎瓶のチリでの呼称。

(9) チリ産ワインの有名醸造（じょうぞう）会社。

(10) 一チリペソは約〇・三円（一九九八年九月当時）。

(11) オンセ・デ・セプティエンブレ（「911」）とは、アジェンデ政権が倒れた九月十一日（一九七三年）のクーデター記念日のことを指す。例年この日は、朝から民主派（多数派）と親ピノチェ派（少数派）の両勢力が別々に集会やデモ行進を行い、午後になると民主派の中の過激分子と挑発する武装警察（カラビネーロス）との間で激しい攻防戦が生じることで有名な一日である。この詩は、一九九八年九月十一日、その当時チリで長期滞在中だったわたしが偶然テレビで見た、独裁者ピノチェの功績を称える華やかなパーティーの映像と、街頭で繰り広げられる激しい抗議デモの様子に触発されて書き始めたものである。全くの偶然ではあったが、詩作に着手した一ヶ月後、独裁者ピノチェは病気治療を名目にイギリスへ渡り、その地において「人道に対する罪」でスコットランドヤード（＝ロンドン警視庁）に逮捕され、世界の注目を浴びた（一九九八年十月）。詩の全体ができあがったのは、翌一九九九年の七月頃である。

チリからのラブレター

きみを凍（こお）らせ
赤道（せきどう）を濡（ぬ）らして
ぼくは銅（あかがね）の国に住み

きみの空は
遠くぼくの雨雲（あまぐも）を吐（は）き出し

ぼくの海は
きみの歩く砂浜に押し寄せ

ぼくの背中に生(は)えた
　灰色の土管(どかん)は
　　きみの沈黙(しじま)につながり

耳を澄(す)ませば
　ふーら、ふーうー
　　ゴーリャ、ごーごー
　　　ごーてい
　　　　ぎょーてい
　　　　　はらぎゃーてい

と地球の裏側

誰かを弔（とむら）う
　きみの読経（どきょう）らしきものだけが
　　ぼくの内耳（ないじ）に谺（こだま）して

ぼくはようやく
　きみが沈む海溝（かいこう）の
　　冷たい水の重さを知った

癒（いや）せるものと朽（く）ち果てるもの

きみの太陽がまあるく膨（ふく）らんで
　きみの胸（むな）びれを虹（にじ）色に
　　焦（こ）がしてたところで

ぼくの太陽は小さく干(ひ)からび
ぼくの鱗(うろこ)は墳墓(ふんぼ)の形に
凍(こお)り付くだろう

宇宙は飽(あ)きずに裂(さ)けていき
きみとぼくの季節の位相(いそう)は
底なしにズレていく

だからぼくは
しあわせという言葉を
背会(せあ)わせ
とか

世羅ワシ
　とか
　　せせら早稲
　　　とか
　　　　背世羅束子
　　　　　とか
　　　　　　呼び換えるだけで

どのみち束子一個の張りのある
ラブレター一つ書けないで
道々うずらの卵を
愛でてばかりいる
真冬の八月だ

チリからのラブレター

さようならサンチャゴ

潮があと　三度　ひけば　この海　も　陸続き　となって　故郷は逆向き
に　転位する　地　の果て　海流　は　猛宗竹　の繁茂　のようで　生起
するもの　全て　を片っ端か　ら　記号　として　整序　して　いく　鋳潰
して　いく　瞬時　に　後戻り　を　許さ　ず　五百億　の昔　から　そ
うであった　ように　その　軋む　時　間　の　歯　車　が　僕　に
は　見える　溶接　工の　青い　火花　の　ように　は　っ　きり　とた
だ　速度　の　問題　なのだ　ろう　いま　となって　は　もう　夢　と現
の区　別　さえ　もどか　しい　一　年と　いう　歳　月は　首筋に瞼
に　老い　の痕跡　を刻み　つける　には十分　な時間　だ　流し　た精　液

と血沈の重さで時間を計っても良い夕刻黄色い路線バスに乗り込んで来た幼い物乞いの少年が掲げる紙には「母は若い頃から統合失調症を患っていた」と手書きされ「父は母を捨てましたla abandonó!」とエスクラマシオンが振ってあったそれが事実であるかどうかが問題なのではない百ペソの小銭をジャラジャラ鳴らし寒い冬に声を張り上げ金を乞わねばならぬ大地の重さ切なさが夜空をひずませるのだ地球がチャランゴの奏に合わせて太陽の周りを踊り続けた一年が終わろうとしているよく似た不幸は地球のあちこちに転がっているので湖畔の町で母と暮らす瓜のような双子の男の子その匂いやさえずり駄々や甘えが海を越え硬い繊維質の僕の肺腑へ届くこ

とはついになかった　生死さえ分からない　その理
由さえ拒(こば)まれて　僕は彷徨(さまよ)う　さようなら　地の裏
側(がわ)の国よ　さようなら　サンチャゴ　僕は日のいず
る国ソルナシエンテ(Sol Naciente)へ帰る　あなた方の未来に幸あ
らんことを　正義(フスティーシア)という二(ふた)文字があなた方の天蓋(がい)
に刻(きざ)まれる日に　また僕は来よう　ここへ　さような
ら

さようならサンチャゴ

作者あとがき

　この詩集はわたしが過去三十年くらいの間に書きためた詩の中から、どうにかこうにかモノになりそうなやつだけを三十篇ほど選んで編んだ、初詩集である（もちろん、モノになるかならないかを決めるのは、わたしではなく、この詩を読んでくれるあなたがた読者です）。

　初めて詩を自発的に書いたのは高校一年くらいだったと記憶している。その後受験勉強で中断し、大学入学後に少し詩を嗜んだが、もっぱら読むのがメインで、大学時代はほとんど詩作をしなかった。本格的に詩を書き始めたのは、教員としての仕事を得て仙台から福岡に引っ越してきた一九九〇年代半ば頃からだと思う。その頃のわたしは、調停離婚と親権の喪失という不幸に見舞われ、心に大きな棘が食い込んでいた。それから三十年……。刺さる棘はどんどんその本数を増していったが、詩には心を癒やす力がある。わたしはこの間、棘からの痛みを少しでも和らげようと詩作を続け、その本数はいつの間にか百篇ほどになった。

　自分ではよくこんなに書いたなとも思うが、単純計算すると年間三篇ちょっとだから、プロ、アマで活躍している詩人を前にすると本当に恥ずかしいほどの寡作である。しかも、実際には数年間まったく詩作がなかった後に、突然、十篇近く詩を作ることがあったりして、詩作への取り組みテンポも乱調であった。

　ただし、詩作に取り組むときは、決まって心の火が消えそうになった時であり、心の闇やシコリを詩に吐き出して、どうにかこうにか心身の定常状態を取り戻すというのが、わたしの詩作スタイルだったように思う。その意味で、わたしの詩は、難解な語彙と技巧を駆使して自然を愛でるような典雅な抽象詩というのではなく、心のどん詰まりから生まれた「品のないかつかつの具象詩」あるいは「貧しい心の排泄物」といった体の作品だと自覚している（時には「便所の落書きのよう」と揶揄されることもあった）。

もちろん、このような詩集では、知らず知らずのうちに、詩が生理的に合うか合わないかという好き嫌いの関門が読者の前に高く聳えてしまうのは仕方ないことである。明るい詩など一つもないので、それを期待している向きにはただただ頭を下げるしかない。しかし、いまさら、風流で上品な詩など逆立ちしても書けないし、もう世間体を気にしたり誰かに阿ったりするような年頃でもないため、ここら辺りで踏ん切りを付け出版という形で世に「排泄」することとした。全国に散らばる詩の愛好家の皆さんの、一人でも多くに、この詩が届けばと願っている。

＊

詩を自選、推敲した後、あらためて冷静に全体を読み直してみると、わたしの詩の基本は、金子光晴と中野重治とねじめ正一の三人から生まれていることに気がついた。金子光晴の「おっとせい」「どぶ」「鮫」「寂しさの歌」や、中野重治の「雨の降る品川駅」「夜が静かなので」、ねじめ正一の「早朝ソフトボール大会」「ふ」などを初めて読んだとき、わたしの心は大きく震えたが、自分の詩の至る所に、彼らの詩からの影響が見える。

もちろん、これら三詩人だけではない。中原中也や萩原朔太郎に始まり、高村光太郎、金子みすゞ、八木重吉、北原白秋、三好達治、尾形亀之助、村山槐多、立原道造などの戦前の詩も、知らず知らずのうちにわたしの詩の血となり肉となっている。

戦後詩人としては、もちろん、谷川俊太郎であろう。そのほかにも、村野四郎、鮎川信夫、鈴木志郎康、村上昭夫、天野忠、辻征夫、黒田三郎、まど・みちお、清水哲男、川上明日夫、池井昌樹、高岡修、友部正人、辻仁成、石田圭太のような詩にも耽溺し、彼らから「模倣」した部分も少なくない。作風は違うが、徳島県の祖谷地方というわたしの生まれ故郷に縁のある鈴木漠の高等技法からも、学ぶところがあった。

また、難解で象徴的、審美的な抽象詩よりも、わたしは女性的な柔らかい詩が好きなので、茨木のり子、石垣りん、富岡多恵子、牟礼慶子、町田志津子、小川アンナ、鈴木ユリイカ、井坂洋子、伊藤比呂美、森崎和江、木坂涼、山崎るり子、岡島弘子、小池昌代、白石公子、最果タヒなどの女性詩人の詩も愛読し、彼女達の詩の手法も大いに「模倣」させてもらった。

残念ながら、わたしは地方在住の人間だし、もともと群れることのできない「土民皇帝」（本編の詩を参照のこと）なので、詩壇の人々とは交流がなくどなたともお会いしたことはないが、すでに死んでいる人、まだ生きている人を問わず、わたしに詩の作法を教示してくれたこれら諸先輩方に感謝したい。ここには名前を挙げきれなかったが、その他数多くの先行詩人からも影響を受けていることを申し上げておく。

もちろん、「模倣」というのは比喩や形式をそのまま真似るという意味ではない。比喩を真似るのは盗作であるし、形式をそのまま真似るのは、パロディー詩の手法であろう。そもそも、詩人ごとに、詩に昇華せざるをえない感情の所在や私的経験が異なる以上、詩が同じものになるわけもない。ここで言う「模倣」とは、気に入った詩の構造を理性によって解析した上で、それを感情たぎる心の高炉に投げ込み、出銑口からほとばしり出る赤いドロドロの原石を、自分なりの言葉の鋳型へ流し込んでいくような作業のことである。むろん、自分なりの形式、テンポを付け加える努力はしたが、「模倣」を超えるオリジナリティが出せたかどうかは、読者の評価に任せたい。

＊

ところで、「骨」や「肯是(がえんぜ)ない歌」「春日狂想(しゅんじつきょうそう)」などの輝かしい名作詩が載る中原中也（享年三十歳）最晩年の詩集『在りし日の歌』の巻末には、「後記」つまり「作者あとがき」部分が挿入されている。そこに書かれているのは、詩集編纂(へんさん)の簡単な経緯に加え、自分の詩生活がいったいいつから始まったものだろうか、という自問自答である。

いわく、「詩を作りさへすればそれで詩生活といふことが出来れば、私の詩生活もすでに二十三年を経た」。つまり、これがまず中也による詩生活の第一の定義である。詩を書くということだけが条件となっているので、これはかなり広めの定義である。

しかし、他方で、中也はそのすぐあとでこうも言っている。いわく、「もし詩を以て本職とする覚悟をした日からを詩生活と称すべきなら、十五年間の詩生活である」と……。これが中也による第二の定義であるが、どうやら中也はより狭いこの定義こそが重要であると考えていたように読める。というのも、そのすぐあとで、自分の場合、自ら(みずか)の「個性が詩に最も適することを、確実に確かめた日から詩を本職とした」ということが強調されているからである（『現代詩文庫１０３　中原中也』思潮社、一九七五年、九八頁）。

詩生活を送る人のことを、世間では「詩人」と呼ぶのだから、この問いは、「詩人」とはどのような人のことを言うのか、という問いと同じである。そう捉(とら)えるならば、中也の考える詩人の定義は、詩をただ単に作るだけではだめで、「詩を以て本職とする覚悟」をした人ということになり、経済学のような陰鬱(いんうつ)な科学を専攻し、大学という恵まれたぬるま湯職場にどっぷりとつかり続け、生臭く功利(こうり)主義的な人生を送ってきたわたしなどは、とうてい永遠に詩人を名乗れないことになろう。

しかし、いまから百年近く前に中原中也が考えた詩人のこの定義を、素直に現代社会にまで当てはめるのは、かなり無理がある。そもそも、中也の時代ですら詩を本職とするというのはかなり難しい選択肢であったと思われるが、中也の時代とは根本的に違う二十一世紀資本主義のもとでもそれは変わらない。中也的な意味での詩人になることは、宝くじに当たるほど難しい人生行路なのである。

もちろん、谷川俊太郎などのスーパースターや、ヒット曲の作詞などで食っていける一部の巨人、また、大学やカルチャーセンターなどで文学や語学を講義しながら、詩作に取り組めるようなアカデミック詩人は例外である。しかし、一般的に言って、詩では食えない。これは百年以上前からの真理である。

芥川賞のような最高の栄誉を受けた小説家ですら、名声の賞味期限は十年ほどで、その後にヒット作が生まれなければ、生活はかなり苦しいという話はよく耳にする。小説の世界でさえこうなのだから、詩の世界のことなど推して知るべしである。有象無象の詩人はもちろんのこと、出版社から紙の詩集を出している一流のプロ詩人とて、詩だけで食っていくのは困難なのではないだろうか。詩人はみな何らかの副業（正業？）を持っているという話ももっともなことである。

詩と短歌というジャンルの違いはあるが、石川啄木（享年二十七歳）が明治四十五年、死の間際に友人を通じて出版社に託した歌集『悲しき玩具』の原稿料はわずか二十円だった。企業物価指数から推定できる明治四十年の一万円の価値は現在の一千万円ほどに相当するというから、二十円の稿料は約二万円ということになる（『石川啄木全集　第一巻　歌集』筑摩書房、一九七八年、三四九頁。貨幣価値の換算は国会図書館のレファレンスのHPの記載を参考にした）。

命を削って歌を作った対価がこんな端金では、さぞかし病床の啄木もやりきれない思いだったろう。当時の歌人も詩人も、一部の恵まれた人を別とすれば、自らの芸術だけで食っていくことなどとうてい不可能だったのである。無論この惨状は、今日でもほとんど変わってないように思う。

そもそも、詩を書きながらいつも感じるのは、詩の市場が極端に小さすぎることである。小説には関心はあっても詩は読んだことはあまりないですね、というのが、市井の人の正直な感想であり、そう言われるたびに、心が凍り付いた経験を、詩の愛好家の皆さんなら誰しも経験したことがあるのではないだろうか？　これは全く数字の裏付けのない体感からの雑な推測であるが、小説と詩との市場規模は、百倍くらい違うような気がしてならない。

――しかし、である。そんな過酷な現実を前にしても、詩を書く人の数は減ってない。いな、むしろ増えてるのではないかとすら感じられる。そういう体感を可能にさせているのは、インターネットの普及である。

*

近年、紙ベースの詩作ではなく、ＳＮＳや詩の交流サイトやブログなどの電脳空間で自作詩を披露する人が爆発的に増えている。同人誌という狭い世界でしか詩を発表できなかった数十年前と違い、今では、ネットにアップすることで、誰でも簡単に自分の詩を読んでもらい批評を受けることが可能になった。このことが、詩のアマチュア愛好家を刺激して、詩人のインフレ現象を起こしているのである。

もちろん、電脳空間に現れる自称詩人のレベルは玉石混交である。多くの作品は凡庸なものだが（自分の詩を棚に上げて申し訳ない！）、わたしが昔、会員登録していた「現代詩フォーラム」だけで言っても、平凡な詩の中に埋もれるような形で、最果タヒや石田圭太などが書いたキラリと光る詩があるのに驚いた。その意味で、ネット空間で自作詩を発表している人の中には、ものすごい才能のある人々がいること、これは間違いのない事実である。

しかし、最果タヒのようにメジャーデビューして羽ばたいていった詩人がいる反面、大半の人は著作権にこだわりのない善意のアマチュア詩人であり、とうてい、詩からそれ相応の収益を得ているとは想像しづらい。

もちろん、ライトノベルの世界でも詩の世界でも、投稿サイトでの切磋琢磨が業界人の目にとまり、突然メジャーデビューするような事例は存在する。その点では、紙でしかデビューできない昔に比べて、現代の方が詩人デビューの障壁は低くなった面はある。多くの読者に読んでもらえるという環境は、明らかに電脳空間の利点であろう。

しかしながら、残念なことに、詩人が詩集を出して詩人を名乗れるような環境が、電脳空間の出現によってどんどん奪われてしまっていることもまた反面の真実なのである。

どういうことかというと、電脳空間での詩作は、著作権を事実上タダで放棄することに等しいので、著作権を生かして生活の糧を得るプロ詩人としての選択が昔より困難となり、詩人の卵たちの才能とエネルギーが、ネットに吸い上げられ浪費されてしまう問題が、それである。

一番の問題は、電脳空間におけるコピペ（盗作や剽窃）の容易さであろうが、それだけでなく、タイムラインが次から次へと流れていくため、一つ一つの詩があっという間に消費されて、過去ログの中に埋もれていく問題も大きい。無名の詩人が才能溢れるいい詩を書いたとしても、数日経てば電脳空間の奥深くに格納されていくため、年がら年中ネットに貼り付いている暇人は別として、特定の詩人の詩を落ち着いて熟読玩味するやり方が、読み手の側にも難しくなっているのである。

実際、紙ベースの詩をめぐっても、デジタル化の弊害は出ている。グーグル検索をすればすぐ分かるが、まだ著作権が切れていないだろう詩人の詩も、今日では詩の愛好家の「善意」によってその画像が違法にアップロードされており、ほとんどの詩はネットでタダで読める。

映画や音楽や小説などの世界では、比較的厳しく著作権管理が行われているようであるが、詩の世界に限って言えば、ほぼ無法地帯なのである。その大きな理由は、詩という芸術の持つ文章量の少なさという特性だろう。文章量が少ないため、写真を一枚撮るだけで詩の全文を紹介できる容易さが、詩の著作権を大きく脅かしているのである。

＊

以上要するに、もはや現代は、詩で金を稼ぐことがいよいよ困難な時代に突入したということ、これが結論である。

とするならば、先に見た、詩人＝詩を本職とする人、という中也的な第二の定義はどうだろうか。これが、少し厳しすぎる定義なのは、誰が考えても明らかであろう。この詩人の定義を適用すると、現代日本には、詩人というものがほとんど存在しないことになってしまうからである。

ではどのような人を詩人と呼べばいいのだろうか？わたしが思うに、それは、単に詩を書く人のことだという、中也自身が考えていた第一の「詩生活」のシンプルな定義でよいのではないだろうか。要するに、詩人に免許はいらないのである。詩を書きさえすれば、誰でもそれはもう詩人なのだと思う。

とはいえ、この緩(ゆる)い定義にも問題がないわけでない。自分を「詩人であると思ってはいけない〔＝自称してはいけない〕……そう思う事によってその人の書く詩は堕落する」（石川啄木『時代閉塞の現状・食(くら)うべき詩 他十篇』岩波文庫、一九七八年、六四頁）というような倫理的な問題もあるが、より深刻な問題は、あらゆるものの属性がそうであるように、詩人としての属性も他者の評価フィルターをくぐって初めて、真正の属性へと昇華していく定めを持つ点である。

実際、世の中には、自称「下町のイケメン王」といった他愛のない自称から、自称「愛ある金融ブローカー」、自称「奇跡の霊能力者」、自称「日本一の占い師」などの胡散臭い自称まで、それこそ数多くの自称が氾濫している。いくら詩人を自称したとしても、もしその自称がこれら軽薄で怪しい自称と大差ないように感じられるならば、「詩人」の響きはすぐに色あせ、他者に訴求する力はないだろう。それゆえ、自称詩人の枠を超え、ある程度は他者からも詩人として認知される何かが、詩人と呼ばれるためには必要なのである。

そこで、もっとうまい詩人の定義はないものかとわたし自身も自問してみた。その結果辿り着いたのは、何らかの賞を受賞した詩人、または、自分の詩集を持っている人、そういう人ならば誰もがそれなりに納得した上で、詩人としての称号を許すのではないかという結論である。つまり、自他ともに詩人であるためには、詩壇によって認められた詩の受賞者、ないしは自分の詩集を持っている人、という二つの条件のうち、どちらか一方を満たせばいいという定義である。これこそが、中原中也が下した詩人の二つの定義に代わる第三の定義として最良のように思われる。

詩壇という詩のスペシャリスト達から認められた人を詩人と自他共に呼ぶことについては贅言不要であろう。堂々たる詩人のタイトルである。他方で、詩集という条件については、少し説明が必要かも知れない。

詩集にこだわるのは、詩集を出すことに関わる労苦ゆえである。詩集を出すためには、まずは、まとまった詩を用意することが必要であり、それには膨大な手間暇が掛かる。かりにできあがったとしても、詩の市場規模は小さいので、出版すること自体困難である。詩の愛好家ならば、これらの労苦は誰でもある程度は想像が付こう。それゆえ、詩人の称号がかりに自称であっても、その人に詩集があるという情報がありさえすれば、他者からの称号追認の可能性が高まると考えられる。詩人の条件に詩集を入れるのは、そのような事情を考慮してのことである。

もちろん、詩集は電脳空間にあってもいいのだが、そこは残念ながら剽窃やコピペが横行する無法地帯であるため、やはり紙ベースの詩集がベターのように思われる。プリンターで自宅印刷したような手作り詩集でもいいだろうし、私家版の自費出版でもいい。ちゃんとした出版社から商業出版として出された詩集があるならば、なおいい。

正直に白状しよう。わたしが詩集の刊行にこだわったのは、詩人という肩書きが欲しかったからなのである。笑いたい人は笑えばよいと思うが、わたしにとって詩人という称号は、自分の墓碑に刻んで欲しいと切望するほど憧れて止まぬ、魅力的な肩書きなのである。

＊

とはいえ紙ベースの出版も、本来ならば、何かの詩の賞をとった人にだけ許される栄誉である。わたしのような理屈っぽい左脳系人間の書く凡庸な散文詩など、詩集にまとめること自体がおこがましい行為であるのは、重々承知している。

しかし、今日詩壇の関門を突破するのは、容易ならざる試練である。どの賞も年々応募者が半端なく多くなっているためである。わたしも地方都市の詩のコンテストに何度か応募したことがあるが、一度としてかすりもしなかった。また『現代詩手帖』という詩の世界の新人登竜門にも四、五回発作的に応募したことがあるが、こちらも入選したことがない。その意味で文字通りわたしは三流詩人（自称）なのである。

落選のたびに忸怩たる思いに駆られ、自らの非才を呪ったが、結局、詩というのは、好き嫌いの世界なのであるから、たまたま下読みの人や選考委員の好みに合わなかったのだろうと自分を慰めた。

実際、詩の受け止め方というのは、本当に面白いもので、色々な場所で、何人もの人に自分の詩を読んでもらい感想をもらう作業を行ったが、感想は十人十色、本当に一人一人どこを面白いと感じるかのツボが全然違うのである。

つまり、ある人が賞賛してくれた詩が、別の人には嫌悪の対象となり、その逆にまた、ある人に酷評された詩が他の人に激賞されるなど、罵詈雑言と褒め言葉と無関心が、ほぼすべての詩において同居しているのである。土民皇帝としてのわたしは、そのたびに、詩の世界の奥深さと、詩壇を通じたデビューの難しさを改めて感じざるをえなかった。

本来は、じっくりと詩人の登竜門で名を馳せてから詩集を出すのが詩人デビューの常道であろう。しかし、どのような所に詩を送っても一度として認められたことのないわたしの鈍才ぶりからすると、あと三十年経っても、そのような道は開けそうにないし、わたしに残された人生も無限ではない。

詩壇で認められることは諦め、詩壇をすっとばしていきなり自分の詩を世の中にぶつけてやろうという不遜な考えに至ったのは、およそ以上のような葛藤の結果である。世の中には、少しくらいわたしの詩をよいと言ってくれる物好きな人もいるかもしれない。わたしはそのような人が必ずいるものと強く信じ込むことで自分を鼓舞し、本書の出版を決意した。

もちろん、当初、どこから詩集を出せば良いのかは大いに迷った。しかし、わたしの住む福岡市は昔から文芸の盛んな土地柄で、その点わたしは幸運だった。この地には、H氏賞という詩の「芥川賞」に匹敵する賞を獲得した詩人が三人もいて（一丸章、龍秀美、石松佳）、そのうち、一丸さんと龍さんの詩集を手がけたのが、かつて葦（あし）書房から移籍して海鳥（かいちょう）社を立ち上げ、その後、花乱（からん）社へと移った別府大悟（だいご）さんだと知ると、もういてもたってもいられなくなり、二〇二一年の年末にメールで連絡をとり、詩集を読んでもらえないかと懇願（こんがん）してみた。別府さんは一面識もないわたしからのメールに驚いた様子ではあったが、詩を読んでみたいという前向きな返答があったので、事前に詩を送り新年早々面談すると、「岡本さんのような詩、好きですよ」と言ってくれ、商業出版を引き受けてくれることとなった。どこの馬の骨かも分からぬ素人詩人（自称）の詩を出版してくれる決断をしてくれた別府さんには感謝しかない。また、出版が決まった後も、最後まであれこれ細かい編集上の注文を付け続けるわたしに対して、別府さんは終始（しゅうし）辛抱強く対応してくれた。心よりお礼申し上げる。

＊

なお、最後になったが、読者の皆さんが本詩集を手に取り、ふと感じるであろう疑問、すなわち、どうしてこの詩集はルビを多用しているのかという点について付言しておく。

周知のように、詩は音楽と似ている。用いられる言葉のセンスだけでなく、文体のテンポ、韻律（いんりつ）の美しさなどがその善（よ）し悪（あ）しを決めるからである。

詩が音楽であるならば、音楽鑑賞が雑音や騒音の混入で邪魔されてはだめなのと同様、詩も余計な雑音で邪魔されてはならないはずである。

詩にとっての雑音とは、ずばり、黙読（もくどく）ないし音読する際の引っかかりであり、使われている漢字の読みが分からないという障害である。詩で使われている漢字の読みが分からないと、詩を読むスピードがそこで落ち、結果として詩興（しきょう）が削（そ）がれ、読者の多くを詩の入り口のところで排除してしまう。

わたし個人の経験で言っても、詩を読む際、難読漢字の読み方が分からずイライラするようなことが何度もあった。学問でメシを食っているプロ研究者のわたしですらそうなのだから、一般の読者ならば尚更(なおさら)詩を読む気力が失(う)せるだろう。

現代詩のなかには、ルビ無し難読漢字をわざと多用する作品もあるが、漢文の素養(そよう)が健在だった明治、大正、戦前期昭和の詩ならばまだしも、漢字文化が衰退した平成、令和の現代詩人が、ルビ無し難読漢字を使って一体誰が得をするのだろうかといつも思う。そのような詩は、結局、詩を愛する読者層を限定するだけで、狭(せま)い詩の市場をさらに狭(せば)める自殺行為をしているようにしか見えないのが、正直な感想である（なお難読漢字を使うことそれ自体を否定しているわけではないのでその点は注意されたい）。

如上(じょじょう)のごとき経緯(けいい)もあって、わたしは、詩集編纂のかなり前から、自分がもし詩集を出すならば、画数(かくすう)の多い難読漢字、複数の読み方がある漢字等には必ずルビを振ろうと考えていた。本作品における大量のルビ振りは、そのような思いの結実(けつじつ)なのである。

本作を読めばすぐに分かるように、昨今顕著となってきた日本社会の漢字離れ、漢字読解力の低下を意識し、ルビは、これでもかというくらい執拗(しつよう)に付している。漢字の苦手な若者はもちろんのこと、日本在住の外国人留学生や、若い頃さまざまな理由によって十分な教養を身につけることができなかった老若男女(ろうにゃくなんにょ)も、読者として念頭に置いているからである。

もちろん、ルビの多用は、視覚的に若干煩(わずら)わしく感じるかも知れない。しかし、ルビはこの拙(つたな)い詩集を一人でも多くの人にスムーズに届けたいという作者の強い熱量の結果だとご理解いただき、ご海容(かいよう)下さればと思う。

最後の最後に、わたしのこの詩を事前に読んで詳細な感想を寄せてくれた人々に謝辞(しゃじ)を捧(ささ)げたい。東区の北沢良継(よしつぐ)さん、中央区のみっちゃん、西新地区のブックバー「ビゴネス bygones」の店主石井文子(あやこ)さんと文学を愛する常連客と従業員の皆さん(コジマッチ、いしちゃん、大河(おおかわ)さん、ラムさん、豊福(とよふく)二啓さん、河野奈央子さん)、春吉地区の「春吉文芸部」の部長であり、ワインバー「ミネルヴァ Minerva」の店主でもある隈本(くまもと)峰子さんに、深くお礼申し上げます。

二〇二二年三月三日

岡本　哲史

＊　著者紹介　＊

岡本哲史（おかもと・てつし）

徳島県三好郡東祖谷山村（現三好市）生まれ
福岡市在住
経済学者　詩人

【学歴】
東北大学経済学部卒
メキシコ・グアダラハラ大学で学ぶ（1年、政府交換留学）
東北大学大学院経済学研究科博士課程後期単位取得退学
博士（経済学）東北大学

【職歴等】
東北大学経済学部文部教官助手
九州産業大学経済学部講師、助教授、教授
チリカトリック大学歴史学部客員研究員（1年）
チリ大学物理数学学部客員研究員（2年）

【主著】
『衰退のレギュラシオン』（新評論、単著）
『経済学のパラレルワールド』（新評論、共編著）
『現代経済学』（岩波書店、共著）他

装丁：桐谷三郎

詩集（ししゅう） 犬（いぬ）　un perro

❖

2022 年 5 月 16 日　第 1 刷発行

❖

著　者　岡本哲史

発行者　別府大悟

発行所　合同会社花乱社

〒810-0001 福岡市中央区天神 5-5-8-5D
電話 092(781)7550 FAX 092(781)7555
http://karansha.com

印　刷　モリモト印刷株式会社

製　本　有限会社カナメブックス

［定価はカバーに表示］

ISBN978-4-910038-50-6